ESSAI SUR L'INSTRUCTION PRIMAIRE

Paris. — Typ. F. Debons et Cie, 16, Rue du Croissant.

ESSAI

SUR

L'INSTRUCTION PRIMAIRE

PAR

Mlle Antoinette FRANIATTE

INSTITUTRICE LIBRE ET LAIQUE

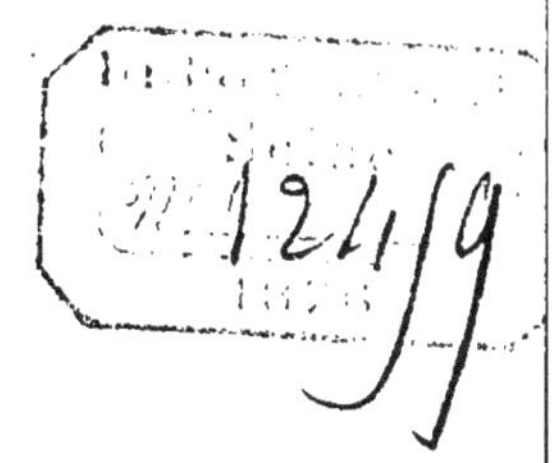

PARIS

IMPRIMERIE F. DEBONS ET Cie

16, RUE DU CROISSANT

©

A Désiré BARODET

ANCIEN INSTITUTEUR, EX-MAIRE DE LYON,

DÉPUTÉ DE PARIS (1873-1876)

LETTRE DE D. BARODET

A L'AUTEUR

Mademoiselle,

En m'offrant la dédicace de votre excellent « Essai sur l'instruction primaire », vous avez voulu, sans doute, honorer en moi les efforts tentés par l'ancien maire de Lyon en faveur de l'instruction primaire laïque, plutôt que les services rendus par l'ancien instituteur, auquel on n'a guère laissé le temps d'apprendre l'art difficile que vous possédez à un si haut degré, et dont vous venez de tracer les règles d'une main si sûre et avec un esprit si ferme.

Cet honneur, dont tant d'autres seraient plus dignes que moi, je l'accepte avec reconnaissance, Mademoiselle ; mais je considère comme un devoir d'en reporter la plus grande part sur mes anciens collègues de la municipalité lyonnaise. Je n'oublierai jamais le concours ardent qu'ils m'ont prêté, et je ne laisserai passer aucune occasion de rendre hommage à leur dévouement, sans bornes, à la cause de l'instruction laïque à tous les degrés.

Je ne comprends pas autrement que vous, Mademoiselle, la mission de l'instituteur, la nature et le but de l'enseignement populaire.

Je m'associe donc à vous, du fond du cœur, quand la haine de la superstition et la soif de la vérité vous arrachent ce cri :

« Raison, quand viendras-tu remplacer les faux dieux ? »

et quand, donnant une haute leçon de bon sens à de prétendus hommes d'État, vous affirmez que l'ignorance constitue le vrai péril social.

Quel républicain sincère, en présence des tentatives audacieuses du parti clérical contre nos institutions civiles, n'applaudirait aussi à la conclusion contenue dans ce vers ?

« A l'Église le prêtre et le maître à l'École ! »

Votre « Essai sur l'instruction primaire », Mademoiselle, n'est pas seulement une excellente lecture ; il est une bonne et courageuse action.

Lorsque tant d'hommes sont encore indifférents ou faiblissent dans la lutte incessante contre le parti du *Syllabus*, il est heureux que, de temps en temps, une femme vaillante apparaisse, pour secouer les oisivetés coupables et relever les courages chancelants.

Le temps n'est pas éloigné, peut-être, où,—les violences et les fautes des ennemis de la République aidant à l'éclosion et à la diffusion des idées de liberté et de vérité, — un formidable mouvement d'opinion triomphera des préjugés et des erreurs qui empêchent encore la France de s'engager, libre et fière, dans un avenir prospère et lumineux.

Il vous sera doux alors, Mademoiselle, de songer que vous aurez contribué, dans une certaine mesure, à cette heureuse et pacifique révolution.

C'est dans cet espoir que je vous prie d'agréer, Mademoiselle, l'assurance de ma gratitude et de ma respectueuse considération.

D. Barodet.

Paris, le 30 juillet 1876.

ESSAI SUR L'INSTRUCTION PRIMAIRE

Pour le bien il faut lutter.
La raison doit l'emporter.

I

On dit sur tous les tons, l'on écrit, l'on répète :
Pour réparer les maux de l'horrible défaite,
Instruisons-nous ! On parle, on *dit* facilement ;
Mais s'agit-il de *faire*, ah ! c'est tout autrement.
Erreurs, absurdités, mensonges, fariboles,
Cinq ans après Sedan, infectent les écoles.
Ignorantines sœurs, frères ignorantins,
Sans diplôme, ont toujours l'enfance dans leurs mains.
Cantiques, catéchisme, histoire dite sainte
Ont le pas sur l'utile. Est-ce routine ou crainte ?
L'instituteur laïque, ou plutôt communal,
S'il aime le Progrès, s'en trouve toujours mal.
Quand séparera-t-on l'Église de l'École ?
Cette formule est-elle une vaine parole ?

Quand mettra-t-on le vrai, le juste sous les yeux?
Raison, quand viendras-tu remplacer les faux dieux?
Le péril social! Il est dans l'ignorance.
Où le remède est-il, sinon dans la science?
Avec elle on résout toutes les questions,
On met fin à la guerre, aux révolutions.
Abordons mon sujet, plaidons la bonne cause.
Luttons contre le mal, puisque le mal s'impose.

II

Qu'est-ce donc que *savoir?* J'hésite à cet endroit.
Courage!.. N'ai-je pas les gens sensés pour moi?
Est-ce lire à peu près, plus ou moins bien écrire?
Réciter sans comprendre un mot? Est-ce redire
Qu'en six jours fut créé ce qu'on nomme *Ici-bas?*
Que la lumière fut, le soleil n'étant pas?
Que Sem, Cham et Japhet ont seuls peuplé le monde?
Que Job se complaisait sur un fumier immonde?
Que tous les animaux, amis comme ennemis,
Dans l'arche de Noé furent ensemble mis?
Qu'un saint juge arrêta (cela s'imprime en France)
Le soleil immobile? O sottise! ô démence!
Qu'une mâchoire d'âne a fait vaincre Samson?
Que David fut un saint? Un sage, Salomon?
Que Jonas fut trois jours vivant dans sa baleine
(Il devait respirer avec assez de peine.)
Que saint Pierre eut à Rome un pouvoir souverain?
Qu'au Saint-Père il faudra bien qu'on le rende enfin?...

Jamais, avec Titus, Trajan et Marc-Aurèle,
Un pape exerça-t-il puissance temporelle ?
Bref, pour entretenir ces funestes erreurs,
Le prêtre, au nom de Dieu, les grave dans les cœurs.
Il faut croire à l'absurde, admettre les miracles,
Invoquer tous les saints, transformés en oracles,
Et, pour couronner l'œuvre, ô superstition !
Aux pieds de l'Infaillible abdiquer sa raison !
Est il utile et bon, pour marcher dans la vie,
D'affirmer sottement ce que le bon sens nie ?
Ah ! s'il faut amuser encor ce vieil enfant,
Qu'on a l'homme appelé, que ce soit en formant
Et sa tête et son cœur. Plus de ces fariboles
Dont il ne reste rien que de vides paroles,
Nulles pour le bonheur, nulles contre le mal,
Faisant tourner, sans but, dans un cercle fatal,
Indiquant, au hasard, bonne ou mauvaise route.
Ce plan d'instruction, dont l'effet est le doute,
Ou mieux l'indifférence, est mauvais.

III

Je voudrais
Que le Français enfant sût bien lire en français,
Comme le Russe en russe, avant que sa mémoire
Dût retenir, quand même, ou longue ou courte histoire ;
Avant qu'en perroquet il répétât par cœur
Ce qu'il ne comprend pas. Cette petite fleur
Réclame de doux soins.

Il est pour la lecture
Une méthode claire, expéditive, sûre :
Ce pas si difficile (honneur à Grosselin)
Est un jeu pour l'enfant, même le moins malin.
Que le maître l'enseigne avec art, avec zèle,
Et surtout, ah! surtout, que l'enfant point n'épelle.
Lisant deux fois par jour, et, s'il se peut, trois fois,
L'écolier de quatre ans saura lire en six mois.
L'enfant n'épellera que lorsqu'il saura lire :
C'est là le sûr moyen de le bien faire écrire,
Bien orthographier. Ce n'est jamais en vain
Que la réflexion vient en aide à la main.
A l'enfant n'apprenons de trop longue prière ;
Il la dirait bientôt comme on dit un bréviaire.
Prier par ordre, à l'heure, il me semble, abrutit.
Prier ne s'apprend pas ; c'est un besoin, un cri.
Laissons ce soin, d'ailleurs, à qui lui donna l'être :
Une mère sensée est le bon premier maître.
Répondons clairement aux simples questions
Des enfants ; donnons-leur de justes notions
Du vrai, du beau, du bien. A propos, sachons mettre
Un bon livre en leurs mains ; ils voudront le connaître,
Puis un autre... C'est fait : la lecture est leur goût.
Le livre est l'ami sûr qui les suivra partout.
Ne lassons pas l'enfant ; faisons surtout qu'il aime
L'heure de la leçon et la désire même.

IV

Quand il saura bien lire, et tout haut et tout bas,
(Tout haut, talent fort rare, on ne s'en doute pas),

Mais alors seulement, montrons-lui l'art d'écrire :
Rapides sont les pas, allant où l'on désire.
Des exemples choisis l'initîront au bien :
Ce cher petit enfant doit faire un citoyen.
Pour atteindre ce but, ne faut-il pas, en somme
Que son cœur vibre à tout ce qui peut grandir l'homme?

V

Avançons. Voici l'art, la science, plutôt,
Sans laquelle un écrit nous fatigue bientôt :
La langue, la grammaire, en un mot, l'orthographe,
Nécessaire au commis, comme au bibliographe.
Par la page encadrée on éblouit les yeux.
L'écriture est jolie, oui; mais regardez mieux.
Que de fautes! Le sens, à tout mot, se dérobe.
Cette page si belle est une belle robe
De soie ou de velours tachée en maint endroit.
Ne savoir faire mieux, c'est être maladroit.
Maîtres, pour l'orthographe essayez ma manière :
Je fais très-rarement réciter la grammaire;
Je l'explique. Pourquoi le faire répéter
Ce livre aride, où tout devrait se commenter?
L'enfant conjugue un verbe et ne peut reconnaître
Ni personnes, ni temps, écrivant une lettre.
S'il parle, c'est bien pis : barbarismes sans fin;
Il met le masculin au lieu du féminin.
Pour beaucoup la syntaxe est la langue inconnue;
Moins que grec et latin au collége elle est sue.

J'explique donc et donne, en application,
Devoirs de toute sorte et bien courte leçon.
Aux verbes je m'attache, ainsi qu'à la dictée;
Sur chaque temps je fais phrases à la portée
De l'élève; lui-même en compose bientôt,
Dès qu'il connaît un peu le sens, l'emploi du mot.
Je lui mets dans les mains un bon dictionnaire.
Je ne dis pas, je montre, et surtout je fais faire.
Je répète vingt fois. Désignant *tu*, je dis :
Voyez, après ce mot, un *s* au verbe est mis.
Vous veut un *z*... Souvent, je fais lire une fable;
Et, presque mot à mot, leçon bien profitable,
Je l'explique. L'esprit, la mémoire, le cœur
Trouvent, dans cette étude, un attrayant labeur.
Sur cette fable lue est faite la dictée,
Et par l'enfant, après, chaque faute est notée.
Que de mots sont ainsi, chaque jour, retenus!
Car, sans effort aucun, l'élève les a vus;
Il les retrouvera dans la fable suivante,
Les analysera. Ce travail le contente,
S'il en comprend le but. Répétons-lui souvent
Qu'on est juste, heureux, libre, en devenant savant;
Et, parfois, riche aussi. Qu'il orne sa mémoire
En y gravant les faits les plus beaux de l'histoire.
Qu'il apprenne par cœur, les ayant bien compris,
Des poëtes vantés les passages choisis.
Le beau forme le goût, plaît à l'esprit, l'enchante,
Et donne aussi du cœur.

VI

Lorsque je suis contente,
Que la leçon est sue, et les devoirs bien faits,

Je dis une légende, un bon mot, quelques faits,
L'âge d'or et Saturne, Écho, Narcisse, Flore,
Les Muses... J'ai fini, que l'on écoute encore.
Et puis c'est Robinson, Estelle et Némorin,
Gil Blas, Berquin, Zadig, Jules Verne, Franklin,
Stahl, Jean Macé, Perrault, bavard Chaperon rouge,
Erckmann et Chatrian... Langue ou pied, rien ne bouge.
Découvertes, progrès, morale en action,
Gens utiles... voilà mon plan d'instruction.
La classe plaît ainsi. Facile est cette tâche,
Bien loin d'être impossible. Il suffit que l'on tâche
De se bien pénétrer de l'honneur du devoir,
De son utilité. De plus, il faut avoir
Un peu de vrai savoir et patience extrême;
Il faut aimer autrui, presque autant que soi-même,
Ses élèves surtout. De ces adolescents
On doit former le cœur, l'esprit en même temps.
En soignant l'orthographe, occupons-nous du style.
Que la pensée arrive élégante et facile !
Pour cela, proposons une lettre, un sujet,
Corrigeons avec soin, faisons remettre au net.
Conseillons à l'enfant d'écrire ce qu'il pense
Clairement, poliment; formons sa conscience.
Varions les leçons.

VII

Que le calcul aussi,
Bien nécessaire à tous, trouve sa place ici.
Pour le calcul encore, il faut que l'on explique,
Qu'on le fasse savoir, surtout par la pratique,

En démontrant le but des opérations,
En posant au tableau problèmes, questions.
Que l'enfant sache bien les nouvelles mesures ;
Rendons-lui familiers, reçus, lettres, factures.
En ces temps positifs, il faut savoir compter,
Pour garder son argent, sinon pour l'augmenter.
Poursuivons. Je voudrais, avant aucune histoire,
Que la géographie entrât dans la mémoire.
L'étude de la carte, il me semble, ferait
Retenir beaucoup mieux telle date ou tel fait.
Sachons ce qu'est un golfe, une contrée, une île ;
Si de France ou de Suisse est le bourg ou la ville,
Où tel chemin de fer se dirige, aboutit,
Où gronde tel volcan, où tel pays finit.
Il faut *savoir*... ou bien, comme dit le Bonhomme,
Un nom de port est pris, parfois, pour un nom d'homme.
Le globe un peu connu, l'écolier, désormais,
Doit apprendre, avec soin, l'histoire des Français,
Puis leurs lois. C'est encore, ici je dois le dire,
Ce qu'on ne connaît pas. Dans la classe il faut lire
Le Code, l'expliquer. Il est bon de savoir
Ce qu'on entend par droits, et ce qu'est le devoir.
D'éviter la prison ce serait une chance.
Que de vols, de délits, pour cause ont l'ignorance!
Ignorance au front bas, source de tant de maux,
Quand disparaîtras-tu des villes, des hameaux!...

VIII

N'oublions pas le corps : une leçon d'hygiène
Serait, pour les enfants, utile autant que saine.

L'ordre, la propreté sur soi, dans sa maison,
Convient à tout le monde, est de toute saison.
Le corps, comme l'esprit, veut une nourriture
Forte, réglée en tout, conforme à la nature.
Si bon est le tonneau, bon restera le vin.
Si l'on néglige l'un, on soigne l'autre en vain.
Du corps la maladie est malsaine pour l'âme.
Dans l'âtre bien tenu, plus brillante est la flamme.
Un peu de gymnastique entretient la santé,
Donne aux membres vigueur, souplesse, agilité.
Pensons-y. Je voudrais encor du jardinage ;
Pour aujourd'hui, demain, grand serait l'avantage.
Faisons aimer les fleurs, les arbres aux enfants ;
Prouvons-leur qu'il leur faut des tuteurs comme aux plants.
J'aurais dû, tout d'abord, désigner la science
Dont ne peut se passer notre pauvre existence,
Que partout on devrait, comme en Chine, honorer,
Encourager toujours, sans jamais décorer ;
Car du tout premier rang digne est l'Agriculture.
Quelle chose offre plus d'attrait que la nature !
Puisse enfin le savoir accompagner la main !
La terre donnant plus, moins cher sera le pain.
L'utile laboureur, tout fier de se suffire,
Bénira son destin, bien loin de le maudire.
Nous vivons par la terre ; il faut donc la soigner,
En aimer les travaux et non les dédaigner.
Que de maux, par ce soin, l'on verrait disparaître !
Plus d'insurrection où serait le bien-être.
A chacun du *savoir*, du travail et du pain.
Le paresseux tout seul doit connaître la faim.
Il faudrait le dessin dans l'Ecole primaire.
C'est, dans tous les états, un talent nécessaire.
S'il se peut, la musique : elle adoucit les mœurs,
En charmant leurs loisirs, rend les hommes meilleurs.

IX

Comme femme, je dois penser aux jeunes filles,
A qui l'on n'apprend rien. O coupables familles !
Veut-on se bien chausser ! on prend bon cordonnier.
Pour toute chose on va chez les gens du métier.
Mais de l'instruction, du bonheur de sa fille,
De ce qui peut servir, honorer la famille,
Le pays... nul souci. Ignorants, vaniteux,
Trop souvent dépendants, les parents sont peureux.
Ils se laissent gagner par un joli costume,
Par de pieux dehors, et puis... c'est la coutume.
Sortie à dix-huit ans d'un couvent en renom,
Ne rien savoir d'utile est ce que sait Manon.
Rien en cuisine, rien des choses du ménage;
Les surveiller, les faire est pourtant son partage.
Ces soins de chaque jour rendent un intérieur
Propre, coquet, charmant, font presque le bonheur.
Afin d'être des siens l'âme, la providence,
L'être sur terre mis pour charmer l'existence,
La femme doit unir la grâce à la raison,
Aimer tous ses devoirs, se plaire en sa maison
Et rechercher, en tout, l'utile et l'agréable :
La vertu trop austère empêche d'être aimable.
En soignant ses enfants, qu'elle sache causer.
Instruisons-la. L'on perd beaucoup à l'effacer.
Quelle que soit la dot d'une femme ignorante,
Quelque beauté qu'elle ait, vite elle désenchante,
Ne parlant que chiffons, cancans, mode du jour :
Sans estime, il n'est point de bien durable amour.

On n'aime pas longtemps la sotte ou la coquette.
Il faut un peu d'esprit, même en un tête-à-tête.
L'épouse possédant talents et qualités,
Le cercle, le café seraient moins fréquentés.
Une honnête compagne, aimable et douce amie,
Est de l'homme de bien l'enchantement, la vie.

X

Il faut qu'aussi je donne aux parents un avis :
J'aime tant les enfants que cela m'est permis.
On ne sait pas assez que la leçon première,
C'est l'exemple donné par le père et la mère.
« Un jour, mère écrevisse à sa fille disait :
« Comme tu vas, bon Dieu ! ne peux-tu marcher dret ?
« Eh ! comme vous allez vous-même, dit la fille ;
« Puis-je autrement marcher que ne fait ma famille ? »
Elle avait raison. Grave, utile enseignement ;
De ne pas l'oublier on fera sagement.
L'enfance observe tout, imite toute chose ;
Cela fait, ô parents, qu'un grand devoir s'impose
A vous : le bon exemple à donner aux enfants :
Comme ils vous auront vus, ils seront étant grands.

XI

Je conseille surtout la lecture d'un livre
Qui pourrait, à lui seul, nous apprendre à bien vivre ;

D'un livre utile à tous, aux grands comme aux petits,
En toute occasion le meilleur des amis :
J'ai nommé La Fontaine. O sublime Bonhomme !
Toi qu'on relit toujours, qu'à tout propos on nomme;
Toi qui dis tout si bien, si naturellement,
Que l'on pense, parfois, en pouvoir faire autant;
Toi qu'on est sûr de voir dans l'honnête famille,
En simple habit, ou bien illustré par Grandville ;
Admirable, immortel, inimitable enfin !
Te suivre, c'est marcher dans un sentier certain.

XII

Emettons un avis sur l'Ecole primaire,
Pour avoir des leçons un effet salutaire.
Si bon qu'on le suppose, un programme ne vaut
Que par l'esprit chargé de l'appliquer. Il faut
Que chaque instituteur, en entrant dans sa classe,
Sache ce qu'il doit faire, avec zèle le fasse.
La leçon sera bonne et le cours excellent.
Sans travail, sans méthode, il n'est rien du talent.
Les meilleurs maîtres ont besoin de discipline :
Sainte paresse, hélas ! trop souvent nous domine.
Plus de ces longs pensums abrutissants, mauvais,
Qui, sans accents ni points, ne sont grecs ni français.
Une punition doit être salutaire;
Fatigante, ennuyeuse, elle est tout le contraire.
En classe il ne faudrait cantiques ni *credo*,
Vierge ni crucifix. N'est-il pas temps, bientôt,
Que nous réalisions cette bonne parole :
A l'Eglise le prêtre, et le maître à l'Ecole.

Mettons vite à l'index ces livres approuvés
Par un prélat quelconque ; ils sont tous controuvés.
A l'Université de désigner l'histoire
Que l'enfant doit apprendre et retenir et croire.
A l'inspecteur de voir, c'est là son devoir strict,
Ce que l'élève fait, lit, étudie, écrit.
Mais un devoir plus haut t'incombe, ô noble France :
Répands, à pleines mains, la divine semence.
Des écoles partout ! Jamais emploi d'argent
Fut-il plus nécessaire et plus intelligent ?

Que l'instruction soit, de par la République,
Pour tous obligatoire et gratuite et laïque !

J'ai dit. Pour cet essai que l'on soit indulgent !
Je ne désire rien qu'être utile en rimant.

BIBLIOTHÈQUE NATIONALE R.F. IMPRIMÉS

Paris. — Typ. F. Debons et Cie, 16, Rue du Croissant.

www.ingramcontent.com/pod-product-compliance
Ingram Content Group UK Ltd.
Pitfield, Milton Keynes, MK11 3LW, UK
UKHW020455220726
13923UKWH00006B/2560

9 782019 258610